Les Deux Paysages

DE L'EMPEREUR

Texte de Chun-Liang Yeh ❦ Illustrations de Wang Yi

Une histoire librement inspirée d'une anecdote ancienne mettant en scène
deux célèbres peintres chinois de la dynastie des Tang

HONGFEI

*D*EPUIS l'Antiquité, le royaume du Sichuan en Chine est réputé pour ses paysages majestueux, ses terres fertiles, son peuple courageux et ses richesses.

Si les divinités devaient séjourner sur notre terre, c'est dans ce pays des nuages qu'elles poseraient les pieds.

Le royaume du Sichuan est aussi connu pour la grâce de ses jeunes filles. La plus belle d'entre elles est certainement la fille du roi. On l'appelle Lan, « Brume de montagne ».

Cette beauté si pure ne pouvait échapper à l'attention du jeune empereur de Chine. Succombant au charme de Lan dès leur première rencontre, il s'empresse de demander au roi qu'il la lui donne en mariage. Lan est triste à l'idée de quitter sa famille, mais elle ne compte pas résister à l'amour ardent de l'empereur, qui lui fait chavirer le cœur. Elle accepte de l'épouser.

Une cérémonie d'adieux est organisée le jour du départ de la princesse pour la capitale de l'Empire. De son palanquin, Lan contemple la route sinueuse de son Sichuan natal et songe : « Quand te reverrai-je, pays des nuages ? Le chemin du retour sera long… » Autour d'elle, la brume s'élève au-dessus des sommets montagneux avant de se dissiper dans le ciel d'azur. La musique de la fête s'éloigne jusqu'à bientôt devenir imperceptible.

Après son mariage, Lan commence une nouvelle vie dans le palais, où l'empereur la couvre de l'attention la plus tendre qu'un époux puisse offrir. Pourtant, Lan se rappelle souvent le pays de son enfance. Elle se sent alors seule loin des siens.

L'empereur s'inquiète de voir sa bien-aimée s'attrister et tente de la consoler. Pour cela, il ordonne à la cour de se mettre à la mode du Sichuan. Tandis que le chef cuisinier crée de nouveaux menus composés de plats exquis du Sichuan, le maître tailleur fait venir de ce royaume des tissus soyeux dans lesquels il taillera les plus somptueuses robes pour Lan. Le maître de musique, quant à lui, répète assidûment des airs du pays de Lan pour faire danser et chanter les courtisanes.

Malgré le spectacle réjouissant de ces divertissements, les couleurs disparaissent chaque jour un peu plus des joues de Lan, comme la brume en s'effaçant quitte les vallées.

*L'*EMPEREUR fait les cent pas dans le palais à la recherche d'un vrai remède à la langueur de Lan. En passant devant l'Académie des arts, il découvre une galerie aux deux grands murs blancs. Une idée lumineuse lui vient à l'esprit : là, il commandera à deux peintres de représenter les paysages du Sichuan. Il espère ainsi que la princesse se sentira davantage chez elle dans le palais.

Aussitôt, maître Li et maître Wu, les deux peintres les plus talentueux et les plus appréciés de tout l'Empire, sont convoqués devant l'empereur : « Vous peindrez chacun une vue du Sichuan sur un mur. Dans trois mois, ce sera l'anniversaire de princesse Lan et pour elle je veux les plus beaux paysages du monde. Maintenant, à vous d'agir ! »

Après avoir reçu l'ordre impérial, les deux peintres s'éclipsent, pleins de déférence.

$\mathcal{M}$ AÎTRE LI est un homme très cultivé, très patient et d'une grande droiture. Que ce soit un paysage ou un portrait, une fleur ou un oiseau, il est capable de reproduire dans sa peinture les formes les plus complexes et les couleurs les plus nuancées.

Pour honorer la commande de l'empereur, il consulte d'abord les meilleurs géographes de l'Académie des sciences de la cour, afin de connaître avec exactitude la hauteur des montagnes au Sichuan, la nature de leurs roches ainsi que les méandres des cours d'eau qui les sillonnent. Puis, de quatre traits légers, il divise la surface du premier mur en neuf cases. Il s'appliquera à remplir une case tous les dix jours.

Jour après jour, le mur de maître Li se couvre de scènes soigneusement agencées. Rien n'est laissé au hasard dans sa composition : ici un pont ou une passerelle, là-bas une maisonnette. À la manière du couvreur, il pose les tuiles une à une sur le toit des pagodes. Et comme le jardinier, il fait pousser des saules au bord d'un étang.

MAÎTRE WU est un peintre tout aussi habile que maître Li, mais très différent. On dirait même qu'il est tout son contraire : la rondeur de sa silhouette s'accorde bien à son caractère de bon vivant, et la compagnie de paysans et villageois le ravit autant que celle des mandarins de la cour.

À l'évidence, maître Wu n'est pas impressionné par l'ordre méthodique de son confrère. Au lieu de consulter les géographes, il s'adresse au grand argentier afin d'obtenir une bourse qui lui permettra de partir à la découverte du Sichuan.

Après des journées interminables à dos de cheval à travers monts et vallées, maître Wu arrive enfin au cœur du fameux pays. Sans connaître personne dans cette contrée, il avance de monastère en monastère, jouissant de l'hospitalité des moines. Sans itinéraire préalablement tracé, il demande conseil à ses hôtes pour savoir où aller le lendemain.

C'EST AINSI qu'un mois plus tard maître Wu parvient au sommet du mont Emei, au terme d'une rude ascension.

Saisi par l'émotion, il se tient immobile au bord d'un précipice vertigineux. Sous ses pieds, un tapis de nuages s'étend vers l'infini comme la surface d'une mer. Les pics montagneux affleurent comme autant d'îles habitées par des Immortels.

Même dans ses rêves, Wu n'a jamais imaginé de paysages aussi prodigieux.

Poursuivant sa pérégrination, maître Wu quitte le sommet du mont Emei, emprunte un sentier ombragé de pins centenaires et se laisse guider par le bruissement de l'eau de la rivière.

Jusqu'à un endroit où le bruit s'estompe.

Un silence délicieux règne à la source de la rivière. Rien ne se fait entendre, si ce n'est parfois le chant mélodieux d'un rossignol.

Parfaitement calme, la surface de l'eau est voilée par une brume légère. C'est ici que l'eau s'unit avec l'air ; c'est de cet air que naissent les nuages. C'est de ces nuages que se languit princesse Lan.

« Nous y voilà. » Maître Wu est prêt à regagner la terre des hommes. Il met un peu d'eau de la source dans une fiole ; et une aiguille de pin dans une autre. Une troisième renferme une plume laissée par l'oiseau enchanteur lors de son envol. Le peintre prend alors la route du retour.

Au palais, le temps ne s'est pas arrêté depuis le départ de maître Wu. Pendant que le mur du peintre Li se couvre d'images chatoyantes, celui de Wu reste immaculé. Les gens de la cour impériale commencent à se tracasser.

« S'il faut à Li tant de jours de travail sans relâche pour habiller son mur d'un si beau paysage, il en faudra autant à Wu pour l'égaler, n'est-ce pas ?

— Même si Wu s'employait à sa peinture jour et nuit, il ne pourrait pas rattraper son retard. Quel dommage pour un peintre de laisser échapper une si belle occasion d'être apprécié !

— Et, quel que soit le talent du peintre, on peut imaginer que la colère de l'empereur sera terrible !

— Sa Majesté pensera que Wu a pris son ordre à la légère. C'est une offense qui sera sévèrement punie !

— Et tel que nous connaissons l'empereur, il en sera fort contrarié et nous mènera la vie dure au moins jusqu'à la prochaine lune…

— Ah ! Maudit Wu. Tu nous mets tous dans l'embarras ! »

*I*L SUFFIT de parler du fantôme pour qu'il se manifeste. Wu, enfin rentré au palais, est accueilli avec empressement. Les proches de l'empereur sont intrigués par les trois fioles mystérieuses attachées à sa ceinture, mais se gardent bien de l'interroger, car il n'y a plus de temps à perdre : il ne lui reste que trois jours pour réaliser son œuvre.

Remarquablement serein au milieu de cette confusion, Wu prend un bain parfumé pour se remettre de la fatigue de ce long voyage. Puis, assis en tailleur devant le mur vierge, il le contemple en brûlant un bâton d'encens.

Les dernières fumées dissipées, le peintre commence doucement à balayer la surface du mur avec ses pinceaux grands et petits. Trois jours et trois nuits durant, Wu est absorbé par sa création. Personne n'ose le déranger.

A RRIVE enfin le jour de l'anniversaire de princesse Lan. Le palais tout entier est saisi d'un frémissement inhabituel : la commande de l'empereur aux deux peintres a tant fait parler d'elle qu'on ne manquerait pour rien au monde la cérémonie d'inauguration.

Devant une assemblée enthousiaste, la peinture de maître Li est dévoilée la première.

Les exclamations fusent de toutes parts : on n'a jamais vu une œuvre aussi bien réalisée et d'une telle précision. De la nature sauvage au jardinet des pavillons de campagne, tout y est, même les écailles d'une carpe dans la rivière. Les specta-teurs sont éblouis.

L'empereur sourit avec satisfaction.

C'EST AU TOUR de la peinture de maître Wu d'être découverte.

Transportés dans le pays des nuages, l'empereur et la princesse demeurent sans voix. Les yeux fermés, ils sentent la fraîcheur de la rosée sur leur peau, pendant que leurs oreilles s'emplissent de mille bruits apaisants : le chant d'un rossignol, le murmure d'un ruisseau, le glouglou d'une cascade.

Quand ils rouvrent les yeux, c'est pour mieux admirer la brume éthérée quittant une forêt de pins pour se répandre délicieusement dans le palais.

*L'*EMPEREUR s'exclame enfin :
« Rien de moins pour ma chère princesse des Nuages ! »

PRINCESSE LAN a retrouvé son éclat. À présent, elle se sent aussi légère qu'une brume au-dessus d'une vallée luxuriante.

Tout émue par le paysage de Wu, elle s'approche d'un pas. Tendant sa main délicate, elle essaie d'attraper la petite libellule posée sur une fleur de lotus de la fresque. Elle s'aperçoit vite que le bel insecte est dessiné, lui aussi.

« Ha ! Ha ! Ha ! » L'empereur éclate de rire. « Tracer la forme, c'est fort bien ; dessiner l'esprit, c'est divin. »

Il ordonna que les deux peintres Li et Wu soient richement récompensés, et la fête put commencer.

Promenade culturelle en Chine

Ci-contre :
photographie d'un paysage
montagneux du Sichuan.
© China Culture Center.

À gauche :
carte de la Chine.

LE SICHUAN,
PAYS DE MONTAGNES ET D'EAUX

L'histoire racontée dans *Les Deux Paysages de l'empereur* nous emmène en Chine, dans la région du Sichuan.

La civilisation chinoise a connu plusieurs âges d'or au cours de son développement. L'époque de la dynastie Tang (618-907) se classe ainsi parmi les plus brillantes et plus puissantes de l'histoire de ce grand pays vieux de plus de quatre mille ans.

Sous cette dynastie, l'Empire chinois installa sa capitale à Chang'an, plus connue aujourd'hui sous le nom de Xi'an (célèbre depuis la découverte en 1974 d'une armée enterrée composée de six mille guerriers et chevaux en terre cuite grandeur nature). À l'époque, Chang'an était l'une des villes les plus peuplées du monde, avec près de deux millions d'habitants.

Situé au sud-ouest de la capitale et limitrophe du plateau tibétain, le Sichuan était l'une des quinze provinces qui composaient alors l'immense territoire de la Chine. Ses paysages montagneux, souvent voilés de brumes fraîches, ont inspiré nombre de poètes et de peintres à travers les siècles. Terre d'abondance par ses sols fertiles, elle jouit toujours d'une excellente réputation parmi les Chinois, qui la désignent sous l'heureuse appellation de « demeure céleste ».

L'empereur Minghuang se rend au Sichuan,
peinture sur soie, 55,9 x 81 cm,
anonyme d'après une œuvre originale de
l'époque Tang (618-907).
© National Palace Museum, Taipei.

LA PEINTURE CHINOISE :
SES SUJETS ET SES TECHNIQUES

Selon leur idée de la beauté et les instruments qu'ils utilisent, les hommes ne peignent pas de la même manière partout dans le monde.

Les Chinois ont ainsi développé un art de la peinture très différent de celui qu'on connaît en Occident. Unique au monde, la peinture chinoise s'est très tôt caractérisée par des traits au pinceau, réalisés avec de l'encre de Chine appliquée sur du papier ou de la soie.

Cependant, loin de rester uniforme depuis sa naissance il y a deux mille ans, la peinture chinoise s'est diversifiée, et il existe désormais plusieurs façons de la classifier. Par exemple, on distingue les peintures classiques selon le sujet qu'elles abordent : la peinture de portrait, la peinture de paysage, et la peinture de fleurs et d'oiseaux.

La peinture de paysage, également appelée *shanshui*, ce qui signifie « mont et eau » en chinois, a connu un essor extraordinaire sous la dynastie Tang, grâce à des artistes de très grand talent qui ont appris à leurs contemporains à voir le monde autrement.

Une autre classification de la peinture chinoise est basée sur la technique utilisée par les peintres. Elle oppose la peinture à traits minutieux à celle à traits expressifs. Avec les traits minutieux, un peintre accompli peut figurer le monde qui l'entoure avec virtuosité et dans un réalisme saisissant. De son côté, la peinture à traits expressifs permet à l'artiste, grâce à un style plus personnel et spontané, de partager ses émotions profondes avec ceux qui regardent sa peinture.

DEUX PEINTRES CHINOIS :
LI SIXUN ET WU DAOZI

Dans le récit des *Deux Paysages de l'empereur*, le lecteur découvre deux figures historiques et majeures de la peinture chinoise de l'époque Tang : Li Sixun et Wu Daozi.

Li Sixun (651-716), représentant éminent du style de peinture paysagère appelé « or et azur », fut particulièrement apprécié à la cour impériale. On aimait le caractère ornemental et détaillé de ses œuvres. Quant à Wu Daozi, on connaît de sa vie peu de choses avec certitude. On en garde toutefois l'idée d'un « peintre divin », qui peignit entre 713 et 755. Les traits inspirés et rapides de Wu Daozi ne s'arrêtaient pas à la ressemblance formelle des sujets représentés, mais leur insufflaient âme et esprit. Il ne reste de Wu Daozi aucune peinture originale, mais le souvenir de son génie a traversé les générations.

L'histoire des *Deux Paysages de l'empereur* est librement inspirée d'une anecdote ancienne, probablement imaginaire. Celle-ci relate l'émulation entre les deux peintres Li et Wu à la suite d'une commande de l'empereur Minghuang pour la réalisation d'une fresque représentant la route du Sichuan. Même si le fait n'a pas de réalité historique, on retient volontiers un commentaire plein de sagesse attribué à l'empereur :

« Le travail assidu de Li Sixun durant plusieurs mois, et les traits de Wu Daozi réalisés en une journée : chacun y va de son art et tous les deux atteignent au merveilleux. »

Une image, un mot

L'histoire des *Deux Paysages de l'empereur* est illustrée en quatorze tableaux. Chaque tableau est accompagné d'un caractère chinois qui en souligne le sens :

仙	[xian]	un immortel
囍	[xi]	le bonheur du mariage
思	[si]	songer à
畫	[hua]	dessiner, peindre ; la peinture
直	[zhi]	la droiture
圓	[yuan]	la rondeur
頂	[ding]	le sommet
嵐	[lan]	la brume ; dans l'histoire, c'est aussi le prénom de la princesse du Sichuan
急	[ji]	tracasser
淨	[jing]	purifier
工	[gong]	la minutie ; une peinture chinoise à traits minutieux se dit *gongbihua*
意	[yi]	l'intention ; une peinture chinoise à grands traits expressifs se dit *xieyihua*
樂	[le]	la joie
神	[shen]	l'esprit

CHUN-LIANG YEH, voyageur entre les cultures, a été formé à Taïwan, en Grande-Bretagne et en France, où il vit actuellement. Ses contes et histoires, nourris de la riche tradition littéraire chinoise, s'ouvrent à des sujets contemporains et universels. Traducteur chinois des *Paradis artificiels* de Charles Baudelaire (Faces Publications, Taipei 2007), il a signé les textes de plusieurs albums jeunesse dont *Pi, Po, Pierrot* (éd. HongFei 2008) et *Face au tigre* (éd. HongFei 2010).

WANG YI, diplômée de l'École des beaux arts de l'université de Qinghua à Pékin, a travaillé comme designer de textile avant de poursuivre sa formation à l'École supérieure des arts décoratifs de Strasbourg. Illustratrice de *Cici Hérisson* et *Plouf la châtaigne* (HongFei 2009), elle développe un univers délicat et sensible, riche de détails insolites qui invitent l'œil et l'esprit au voyage. Drôles, acidulées et généreuses, ses images vibrent de tension et d'affection. Elle vit et travaille à Paris.

HONGFEI CULTURES　鴻飛東西文化交流事業　est une maison d'édition interculturelle créée en France en 2007. Elle a comme objectif de favoriser la rencontre des cultures européennes et extrême-orientales par la littérature augmentée d'illustrations originales. En privilégiant la littérature de jeunesse, ses publications ont comme thèmes principaux le voyage, l'intérêt pour l'inconnu et la relation à l'autre.